cuento  o

La liebre y la tortuga

Primera reimpresión, enero de 2017

Título original: La lepre e la tartaruga
Proyecto gráfico: Gaia Stock
Traducción: Sara Cano Fernández
© 2010, Edizioni EL, San Dorligo della Valle (Trieste), www.edizioniel.con
© 2017, Ediciones del Laberinto, S. L., para la edición mundial en castellano
ISBN: 978-84-8483-585-1
Depósito legal: M-45-2017
www.edicioneslaberinto.es
Printed in Spain

«Cualquier forma de reproducción, distribución, comunicación pública o transformación de esta obra solo puede ser realizada con la autorización de sus titulares, salvo excepción prevista por la ley. Diríjase a CEDRO (Centro Español de Derechos Reprográficos) si necesita fotocopiar o escanear algún fragmento de esta obra (www.conlicencia.com <http://www.conlicencia.com/>; 91 702 19 70 / 93 272 04 47)»

cuentos de bolsillo

La liebre y la tortuga

de Esopo

...contado por Roberto Piumini
ilustrado por Barbara Nascimbeni

LABERINTO

Había una vez una liebre que presumía a todas horas: "¿Cuál es la criatura más veloz que hay en el mundo? ¡Yo! ¿Cuál es la criatura que puede ganarle una carrera a cualquier otra en el mundo? ¡Yo!".

El resto de los animales, hartos de tanta soberbia, se iban corriendo en cuanto la liebre empezaba a presumir.

Un día, mientras adelantaba a una apacible tortuga, la liebre empezó con su habitual retahíla y, como vio que la tortuga no se daba mucha prisa en alejarse de ella, le gritó:

"¡Oye, tú, tardona! Todo el mundo sabe que yo soy la criatura más veloz del mundo, pero tú eres sin duda la más lenta!".

La tortuga se quedó quieta, miró a la liebre, se quedó pensando un momento y dijo:

"Hagamos una carrera y veamos si eso que dices es cierto".

La liebre se puso a reír y a brincar por el prado, gritando:

"¿Lo habéis escuchado? ¿Qué os parece? Esta tardona me reta a una carrera. ¿Retarme a una carrera a mí? Si no tuviera las orejas tan largas y el oído tan fino, pensaría que no he escuchado bien".

Los animales del bosque, al escuchar los gritos y las carcajadas, se acercaron para ver qué pasaba.

Mientras la liebre reía sin parar, la tortuga caminó hasta un tronco caído que había en la orilla del río y, en cuanto la liebre dejó de reír, dijo:

"Mira, liebre, este tronco será el punto de partida y el punto de llegada de la carrera. Daremos una vuelta alrededor del lago y, quien toque antes este tronco, será el ganador".

"¡Yo seré el árbitro!", dijo un viejo ratón gris que pasaba por allí.

"Sí, venga, hagamos esta carrera", exclamó la liebre, sin dejar de reír y carcajearse. "Seguro que llegaré antes incluso de que hayas salido".

"Preparados...", dijo el ratón gris. "Listos... ¡Ya!".

La liebre saltó sobre sus largas patas, mientras la tortuga empezaba a avanzar con paso lento.

Cuando llegó a la mitad del recorrido, la liebre, que había corrido aún más deprisa de lo que solía correr habitualmente, se sintió un poco fatigada. Se volvió para ver por dónde iba la tortuga y vio que estaba a pocos metros del lugar de salida.

"Llevo muchísima ventaja", se dijo. "No me apetece llegar a la meta cansada, porque parecería que ganar me ha costado esfuerzo... Me echaré un ratito a descansar y, después, en dos saltos, fresca de nuevo, llegaré a la meta".

La liebre se tendió en la hierba, cerró los ojos y, con el calorcito del sol y la caricia de la brisa, rápidamente se quedó dormida.

Un buen rato después, la tortuga llegó donde estaba la liebre, que roncaba plácidamente en la hierba. La tortuga, sin apenas mirarla, prosiguió su camino con sus lentos pasitos.

Una hora más tarde, cuando el sol estaba a punto de ponerse, la liebre abrió los ojos al despertarse con la frescura de la brisa.

"Oh, oh, creo que me he quedado dormida...", dijo, mirando hacia atrás. No había nadie. Miró hacia delante. Allí tampoco había nadie.

La liebre salió disparada a toda velocidad. Iba dando unos saltos enormes y deslizándose por el aire con ligereza.

Y, de repente, delante de ella, a lo lejos, distinguió entre la hierba la concha de la tortuga, que iba dando trompicones. No muy lejos de ella, se veía el tronco oscuro.

La pobre liebre aceleró el paso, preocupada, alargó los saltos y se impulsó con mayor fuerza, casi volando.

Pero no lo consiguió: antes de que la pobre liebre alcanzara la meta, la cabeza de la tortuga se apoyó, muy lentamente, sobre la madera del tronco, y el ratón gris gritó:

"¡Ha ganado la tortuga!".

Se celebró una gran fiesta en honor de la ganadora.

La única que faltó fue la liebre que, muerta de vergüenza, se escondió en su madriguera y no se dejó ver por el bosque durante más de tres meses.

Y quien esta historia no se crea, que le salga en el pie una ampolla bien fea.

cuentos de bolsillo

Los músicos de Bremen
Caperucita Roja
Hansel y Gretel
La cigarra y la hormiga
Los tres cerditos
Pinocho
La princesa y el guisante
Juan Sin Miedo
El patito feo
Pulgarcito
Blancanieves
El gigante egoísta
La liebre y la tortuga
El gato con botas
Ricitos de Oro y los tres osos
Barba Azul
Rapunzel
La Bella Durmiente
Hermanito y Hermanita
Cenicienta

El traje nuevo del Emperador
El zorro y el cuervo
El flautista de Hamelín
Peter Pan
Los siete cabritillos y el lobo
La sirenita
Aladino y la lámpara maravillosa
Ratón de campo y ratón de ciudad
El soldadito de plomo
El hombrecito de pan de jengibre
La rana y el buey
Cascanueces y el Rey de los Ratones
Los tres pelos de oro
La Reina de las nieves
Blanca Nieve y Rosa Roja
Pulgarcita
El maravilloso Mago de Oz
La vuelta al mundo en 80 días
El libro de la selva
Una violeta en el Polo Norte

Este libro se acabó de imprimir
en enero de 2017